꽃길

꽃길

김영성 시집

쏠트라인
SALTLINE

자연에서 미美를 찾다

나는 매일 아침 카메라 배낭을 메고 산행을 한다. 산을 매일 오르다 보니 자연의 신비로운 변화를 조금은 알 수 있을 것 같다. 특히나 카메라를 들고 있으니 더욱 관찰력이 좋아지고, 주위를 둘러보면서 날마다 주변의 모습이 바뀌어 가는 걸 본다. 꽃봉오리가 올라오더니 꽃이 활짝 피었다가 지고 이내 열매가 달린다.

겨우내 앙상했던 나무들도 파릇파릇 잎이 돋고 점점 연녹색이 짙은 녹색으로 바뀌어 간다. 풀꽃도 며칠 지나면 지고 새로운 풀꽃이 피어난다.

이처럼 자연이 변화되는 모습을 지켜보면서 만물의 생성과 소멸을 실감하게 된다.

이런 자연에는 그 나름대로 아름다움이 있다. 인간의 손을 타지 않고 기이하게 어우러진 만물의 모습은 그대로 작품이된다. 풀꽃 하나하나에 그리고 나무 그 자체 모습과 꽃이며

열매가 다 작품이 된다.

따라서 자연에서의 사진 소재는 무한하다. 생명의 연속성連續性, 주기성週期性, 계속성繼續性 등으로 순환적인 삶의 모습을 보여주기 때문이다.

아주 일부분이지만 이런 변화의 모습을 카메라에 담아 여러분에게 선보여 드릴 수 있다는 것만으로도 하루하루가 행복하다. 내일도 자연에서 미를 찾는 나의 하루를 기대해 본다.

시는 일상에서 보고 느낀 대로 어떤 기법이나 꾸밈이 없이 되도록 쉬운 말로 표현해 보았다. 사진과 더불어 여러분의 마음에 위안의 시간이 되었으면 한다.

2022. 5.

김영성

차
례

■ 머리말

제1부

제3부 ──────────────────────────

제1부

진달래

동장군 지나가셨나,
뒤돌아볼 때쯤

산속 여기저기서
나지막이 수런거리며
피어오르는 꽃봉오리

가냘픈 새색시처럼
연지 바른 입술 내밀면
나도 모르게 이끌려
내밀어지는 입맞춤

봄바람에 살랑살랑 흔드는
연분홍 자태는
겨우내 얼었던 가슴마저

녹이는구나

수줍은 여인처럼

분홍 미소 지어주니

나도 따라 절로 미소 지어지네

봄 처녀 치마자락

끄는 소리 들리는 봄

수선화

뜰에 핀 노란 꽃님들

얼굴 들어

나를 반겨주네

먼저 핀 엄마꽃

이제 핀 언니꽃

반만 핀 동생꽃

봉우리 맺힌 애기꽃

서로 얼굴 내밀어

꽃가족 이루었구나

햇빛 받아

환해진 얼굴들

가는 이의 눈 머물게 하고

대화를 나누자며

나 좀 보고 가라고

환한 미소로 발목을 잡네

개나리

길게 늘어뜨린 줄기에

노란 별들이 총! 총! 총!

옹기종기 붙어 있네

햇살에 반짝반짝

조명등 켜 놓으니

눈이 부셔 오고

오고 가는 이의

눈길을 끄네

봄이 오는 길목에서

연인 소식 가져왔나

마중 나서는 봄 아가씨

화사한 자태 뽐내며

싱글벙글 웃네

눈빛이 반짝반짝

노란 별들이 활짝 웃네

제비꽃

잔디밭에 피어난

보라색 표정들

봄이 왔다고 속삭이네

제비 닮아 제비꽃인가

이름도 가지가지

오랑캐꽃, 장수꽃…

가냘픈 몸매에

보라색 사랑이 진실인가

아가씨 얼굴 내밀어

내뿜는 그윽한 향기

봄의 설레임으로

나를 들뜨게 하네

벚꽃

눈부신 하얀 드레스 입고
활짝 웃는 신부 나셨네

벌들도 좋아라고
여기저기서 윙윙윙윙

사람들도 좋아라고
우와! 우와!

눈부신 아름다움에
모두가 환호성이네

하얀 꽃잎 봄바람에 휘날리어
뿌려진 꽃잎 위로
사뿐사뿐 걸어보니

들뜬 마음 꽃구름 같아

축복의 시간 펼쳐지네

산딸기꽃

낮은 산 길가
가시덩굴에
작고 하얀 꽃천사들

화려하진 않아도
벌들이 모여드네

만지진 마세요
가시 돋는 목소리

들여다보면 그래도
활짝 웃어주는 얼굴들

내가 먼저 인사 건네니
살며시 미소 지어주네

민들레꽃

길가에 자리하고 있는
눈부시게 어여쁜 아가씨

동그라미 얼굴로
세상 노랗게 밝히며
화려한 자태 뽐낼 때

찾아왔는지
불러서 왔는지
벌 나비 도란도란
얘기가 기네

철쭉꽃

빨갛게 물들인
화려함의 극치極致

서로 얼굴 부비며
저마다 환한 미소 지으니

저절로 입이 벙긋
탄성이 절로 나오네

예쁜 아가씨 얼굴
내일도 보고지고
날마다 보고지고

사랑에 빠지니
사랑의 기쁨이
내 가슴에 찾아오네

유채꽃

노란 물결
바람에 출렁일 때

해님의 미소를 받아
환한 자태 눈부셔라

여기저기 분주히
환한 미소 머금고
온 벌판 누비는 생명들

설레는 봄날의 미소가
황금빛으로 물들어 놓았나

봄의 진한 향기가
파도를 이룬다

튤립

저 아름다운 몸매
고상하고 화려하여라

목에도 힘이 주어져
말쑥하고 고고하여라

신비한 자태 볼수록
흠뻑 빠져드네

고운 얼굴에
깊고 큰 눈이 눈부신
소녀가 생각나는 밤

청미래꽃

산속 여기저기 줄기를 뻗어
늘어진 청미래덩굴은
이름도 가지가지

경기도 청미래
경상도 망개
전라도 맹감, 명감

봄기운에 힘 얻어
연녹색 잎 틔우더니
더듬이 손 꺼내 올리고

우리 모두 함께 살자고
다정이 손을 움켜쥐네

넓적한 잎사귀에

잎과 줄기 뻗어 오르더니

새로 돋아난 잎줄기 밑으로

그대가 좋아하던

브로치brooch가 주렁주렁

햇살에 빛을 발하니

그대를 향한 마음,

생각도 꽃을 피운다

개양귀비꽃

화단에 핀

개양귀비꽃

그 유명한

중국 미녀의

상징꽃이라서인가

간드러지고

화려함에

눈이 부셔 오네

이름만큼이나

어여쁜 여인

그 여인의

기이한 아름다움에

누군들 취하지 않으리오

복사꽃

봄이 오는 산봉우리에
복사꽃 곱게 피었네

연분홍 치맛자락
봄바람에 휘날리는
어여쁜 여인

화사한 자태로
그윽한 미소 지을 때
그녀의 고운 모습에
내 마음 빼앗겨 버렸네

무릉도원의 여인이런가
사랑의 노예가 되고 말았네

완두콩꽃

텃밭에 피어난
연분홍 완두콩꽃

봄 여인의 숨기고픈
속살처럼

보고만 있어도
너무 가슴 떨려

그녀의 몸속으로
들어가고 말았네

동백꽃

들녘 동백나무에
꽃들이 울긋불긋

화려한 모습에
가던 발길 돌려
가만히 들여다보니

정열의 여인인가
붉은 저고리에
녹색 치마 곱게 차려입고

당신만을 사랑한다고
다소곳이 미소 짓네

쑥갓꽃

텃밭에 쑥갓
잎만 따다 먹었는데

너무도 예쁜 꽃이
피었네요

하얀 꽃잎에 노랑 얼굴
노랑 꽃잎에 노랑 얼굴

그 얼굴 너무 예뻐
한참을 바라보니

상큼한 사랑이
절로 느껴지네요

아카시아꽃

봄이 익어가는 시간

아카시아나무에

어린 잎사귀 돋아나더니

하얀 아카시아꽃이

포도송이처럼 주렁주렁

아카시아나무를

온통 꾸며놓았네

꽃도 예쁘지만

바람에 실려 오는

그 향기는

선녀의 향기인가

그 향에 취해 오래도록

흠뻑 빠지고 싶어라

이팝나무꽃

푸른 잎에 때아닌
눈이 쌓였나

나무에 온통 하얀 꽃이
흐드러지게 피었구나

바람결에
살랑살랑
하얀 손 흔드니

해님의 미소에
그 손 더욱 빛나고
아름다워 보이네

때죽나무꽃

계곡 물가에
하얀 꽃이
주렁주렁 피었네

누가 이리 많은 등을
달아 놓았을까

햇빛의 힘 받아
전원 스위치 누르니
달린 등에
환한 불이
눈부시게 들어오네

연노란 전등에
하얀 갓이

너무나 예뻐서

이 등불
카메라에 담아
내 방에 걸어 볼까

정성스레 담아다
방에 걸어 보니
아늑한 불빛이
내 방을 가득 채우네

찔레꽃

산길 가에 넝쿨 뻗어
피어난 하얀 꽃

은은한 향기는
누구를 향한 유혹일까

모두가 그 유혹에
지긋이 바라보네

신중한 사랑인가
몸에 가시가 있어

함부로 측은 대는 이의 손
야무지게 혼내주네

오로지 제가 좋아하는

사랑 찾아오기를

고대하고 있구나

개망초꽃

길가에 피어난
하얀 바탕에
둥그렇고 노란 보석이
어우러진 풀꽃

들녘 어디에서나
마주하는 소박한 꽃

바라볼수록
깨끗함이 깃들어 오니

청순한 마음
이어지는 들길

감자꽃

감자하면
반찬거리로만
생각했는데

감자꽃 피어
그 자태 보니

그 아름다움에
새로워지는 마음

화려하지 않으면서
귀여움이 있는
아가씨인가

봄날의 햇살을
더욱 밝고 뜨겁게
달구어 주네

토끼풀

길가에 무더기로 자란
푸른 잎 토끼풀

어릴 때
손목시계 만들어 차고
반지도 만들어 끼고
놀았던 추억의 풀

네 잎 클로버clover가
행운을 가져다준다기에

정성스레 찾아
책 속에, 노트 속에
고이 꽂아 놓고
무작정 행운을 고대했지

토끼가 좋아해서

토끼풀인가

부드러운 잎사귀

여기저기 꽃대 올리고

행운을 찾아보라는 듯

그들 품속으로

나를 부르네

제2부

인생 그림

인생은

그림 그리기

전체 형태 만들어 놓고

채워가는 그리기

세부 부분부터

시작하여 전체를

완성해 가는 그리기

그리는 방식

배치하는 순서

그리는 재료

나타내고자 하는 소재

다 다르듯

우리네 인생도

각자 삶이 다르네

어떻게 그리느냐는

각자의 몫

그 누구도 대신할 수 없네

그대여

그림은 이렇게 그려도 한세상

저렇게 그려도 한세상

하나의 작품으로 끝나니

이미 시작한 그림

멋들어지게 완성해보세

대금

심금을 울리는 소리
천상의 소리인가

고요한 공간을
애수에 젖게 하고

듣는 이의 마음을
애달프게 하여라

대금 소리에
희로애락이 있고

우리의 가슴을
소리로 풀어주니

대금 소리 타고

천상의 세계로

잠시 떠나 볼까나

호수 위에 소리 띄워

그리운 이에게

들려줄거나

어버이날

5월이 오면
어버이날이 있어
부모 둔 자식들
선물 들고 찾아오겠지

나도 자식 둔 부모 되었으니
아들딸 찾아주겠지

선물 받아 기쁘기도 하겠지만
오랜만에 자식 얼굴 보겠으니
그게 더 좋겠구나

살아생전 어버이 은혜
잊을 수 없어
부모님 얼굴이

더더욱 그리워지는 날

그대여!

부모에 효도하소

부모님 저세상으로 떠나가시면

후회만 남는다네

문해교사

나는 어린 시절

교사가 꿈이었네

생계를 지켜주던 직장 은퇴하고

제2의 인생 설계할 때

그 꿈 이루고 싶어 시작했네

60대 중반 넘어가면서

조금 늦었다 생각되지만

글자 모르는 어르신들 위해

밝은 등불 되고 싶네

배우는 이의 지팡이가 되어

인생을 즐겁게 하는 흥이 되어

마음 나누는 친구 되어

새로운 세상 밝히고 싶네

무엇보다 소중하고
누구보다 열심히
언제나 사랑받는
문해교사 되고 싶네

어르신들 행복과 더불어
내 행복 완성하기 위하여

한때이어라

젊음도

청춘도

한때이어라

청년의 기백氣魄도

소녀의 아름다움도

한때이어라

학창 시절도

직장 생활도

한때이어라

때를 놓치면

기회를 놓치고

기회를 놓치면
인생을 놓치고

인생을 놓치면
후회만 남는다네

때를 놓치지 말고
그때에 맞춰
열심히 살아보세

할머니

어릴 적 할머니와
한방에서 지냈지

저녁이면 방안에
담배연기 가득

긴 담뱃대를
재떨이에 탕! 탕!

그러는 할머니를
미워도 했지

철이 없던 시절이라
늙음을 몰랐고

늙음도 섧거늘

손주 사랑 못 받으니

우리 할머니

얼마나 마음 아프셨을까

돌아가실 적

부르시던 아리랑 노래

지금도 귓전에 쟁쟁한데

할머니 죄송해요

그때는 할머니 사랑 몰랐어요

두고두고 잊지 못할

우리 할머니

믿음

관계를 유지하는 것은
서로 믿음이 있기 때문

믿음 없는 세상
두려움 그 자체일 테니

믿음을 만들고
믿음을 지키고
믿음과 더불어 살아가세

믿음은 삶의 원천源泉이요
인간 마음의 근간根幹이니

그대여
태산 같은 믿음 만들어
행복한 삶을 누려보세

사랑

사랑은 어디에나 있다네

피를 나눈 가족에도

뭇 만남에도

사물과의 접촉에도…

사랑은 기쁨을 주고

사랑은 관계를 만들고

사랑은 애착을 만들고

사랑은 평화를 만들고

사랑은 세상을 지탱하는 힘이 되고

사랑은 서로를 이어주며

사랑은 씨를 뿌린다네

사랑 없는 세상은

누구도 바라지 않으며

사랑은 모두가 지녀야 할 마음이라네

매형

서울 누나 집에 가면
반가이 맞아주던 매형

처남 왔다고
저녁이면 술 한 상에
인생 강의
시간 가는 줄 모르고

바둑 두기에
밤새는 줄 몰랐네

재주꾼에
삶의 열정도 많으시던 매형

일찍이 병을 얻어

저 세상 가셨으나

그 즐거웠던 추억

어이 묻을 수 있으리오

첫사랑

초저녁 멀리서 들려오는
구성진 노래 소리

노래의 주인공
장미처럼 예쁜 얼굴 볼 때마다
가슴 설레어
살며시 사랑편지 건넸지

불같은 사랑 시작되고
사랑의 모닥불에
길거리 그 차가운 겨울밤도
추운 줄 몰랐다네

돈 벌려고 같이 떠난 객지
고생도 달다 하고

마냥 좋기만 하던 시절

사랑도 한때인가
돌아서니 남이네

이루지 못한 첫사랑이
더 애달픈 사랑인가

꿈속에서 보이던 얼굴
만나서 반가웠지만
깨고 나니 허전함만 남네

얼굴 한번 보려 해도
볼 길이 없어
애달픈 마음만 산을 넘네

낮잠

느른한 오후
잠이 꿈나라로 가자고
눈꺼풀을 잡아당기고
몸을 누이게 하네

꿈나라로 들어서서
다른 세상을 경험하고
눈을 떠보니
머리가 맑아지고
기분이 상쾌해지네

그대여
낮잠이 꿈나라로 가자고
졸라대면
주저 없이 잠시라도

구경하고 오소

뭐라 해도 꿈나라 구경이

피로회복에 최고라네

주는 즐거움, 받는 기쁨

주어서 즐겁고
받아서 기분 좋은
주고받음의 세상 만들어 보세
나눔 세상 만들어 보세

어려운 이웃 함께하고
힘든 이웃 도와주세

주어서 즐겁고 받아서 기쁜
인정 어린 세상
사랑이 느껴지는 세상
한마음이 되는 세상 만들어 보세

욕심에 빠져 외면하지 말고

서로 베풀며 살아가세

베풀다 보면
복도 짓고 행복도 짓고
보람도 짓는 다네

모두가 행복한 세상
만들어 보세

아내

소개로 만난 아내
내 사람이 되려 했는지
20대 초반 꽃다운 나이
아름다워 보였네

단번에 사랑에 빠져
가족이란 보금자리 틀었네

살면서 숱한 사연 쌓이고
연륜에 따라 지금은
얼굴에 주름살도 생겼지

묵묵히 살림을 이끌어가는
억척같은 집안의 보배

자식사랑 생기고

손주사랑 생기니

아내사랑 그지없어

건강하게 오래도록

백년해로百年偕老하고 싶네

고모

고모는 항상 밝으시고
웃으시는 모습이 좋아라

나이가 드셨어도
항상 얼굴 화장하시는
깔끔한 외모

손수 집 안 구석구석을
말끔하게 청소하시는
부지런한 고모님

우리 집안에서 구순九旬 넘으신
최고最高 장수長壽 어르신

틈만 나면 조카 안부 묻고

놀러오라 하시네

자랑스러운 우리 고모 뵈러

언제 날 잡아

서울 가봐야겠네

이런 시詩

시는 마음을
담아내는 그릇이며
마음을 표현하는
그림이고
마음을 노래하는
음률音律이다.

나는 형식보다는
자유로운 시가 좋다

오랜 세월을 두고
다듬어진 시詩보다
즉흥적인 시가 좋다

나는 어려운 시보다

누구에게나 다가갈 수 있는

쉬운 시를 쓰고 싶다

나는 밝음, 기쁨, 아름다움,

사랑, 설렘, 희망 등

되도록 좋은 면을

시의 소재로 삼고 싶다

이런 시를 씀으로써

내 마음을 위로하고

행복해지고 싶어서다

연필鉛筆

초등학교에 입학하고서

연필을 알았네

그때는 침 발라 쓰고

입으로 뜯어 쓰고

엄마, 아빠가

부엌칼로 깎아줘서 썼네

그 뒤로 연필 칼을 사서 깎았으나

칼이 너무 약해

날이 떨어져 나가기 일쑤였네

그렇지 않으면 연필심이

힘없이 부러지기 십상十常 이었지

볼펜을 알고부터는

연필의 고마움 잊고 살았네

그러나 지금 와서 다시 생각해보니
연필 깎기도 나오고
연필심도 좋으니
다시 연필이 좋아지기 시작했네

써놓고 지울 수 있어 좋고
물이 튕겨도 번지지 않아 좋고
가볍게 쓸 수 있어 좋고
토 달아 쓰기에 좋고
스케치하기에 좋고……

좋아서 연필과 나는
영원한 친구로 살고 싶네

정

사람도 가지가지

관계도 가지가지

인생도 가지가지

가지가지 속에

정이란 끈이

거미줄처럼 얽혀 있네

끈에도

굵은 끈

가는 끈

튼튼한 끈

약한 끈

대상에 따라

끈의 강도도 달라지네

그대여

인연의 끈에 얽혀

사는 것도 좋지만

풀기 힘든 정情의 끈

함부로 만들지 마소

사는 동안 서로에게

아픔이 되고

슬픔이 되고

속박이 되고

고통이 되는

정의 끈이라면

아니 맨 만 못하리니

배출排出

먹음과 배출은 쾌락이고

생명 유지 활동이며

느낌의 만족이다네

우리 몸의 배출작용은

몸의 보호 활동이며

몸의 순환 활동이고

마음을 정화해 주며

개운함을 느끼게 하고

모든 감정의 표현이며

청소기능을 하면서

새 생명의 탄생을 만든다네

살기 위해 먹는 만큼

살기 위해 배출해야 하는

배출은 한 생명의

유지 작용에

무엇보다 중요한 기능이다네

벗들이여

배출의 기쁨을 맘껏 누려보게나

삶을 즐겁게도 하지만

우리 몸을 지탱할 수 있도록

지켜주는 중요한 역할도 하니

미련未練

아쉬움 뒤의 미련인가
이별 뒤의 미련인가
만족하지 못한 뒤의 미련인가
이루지 못한 꿈의 미련인가

미련이 집착의 끈이 되어
고통 속에서 헤어나지 못하게
나를 묶을 수도 있으니

아니다 싶으면
과감히 놓아 버리세

지나가버린 버스
되돌려 세우기 어렵고
지나간 세월

돌이킬 수 없으니

설마 하는 아쉬움의 미련도
놓쳐버린 행운의 미련도
나를 떠난 이들의 미련도
활활 타오르는 장작불에
태워 날려버리고

새로운 인생길
맞이해 봄이 어떻겠나

나이

유소년시절은 내가 최고로

알았던 나이였고

30대에는 큰 뜻을 두고

바쁘게 뛰어다니다가

40대에 들어 잠깐 뒤돌아보니

내가 나이 먹은 걸

남들의 시선으로 느껴지고

50대에는 대놓고

정년을 말하더니

60대에 일자리를 떠나니

무시의 눈길

어쩔 수가 없구나

70대부터는 내 몸으로

나이를 느낄 터

가는 세월 매어둘 수 없으니

그대여

가는 세월 탓하지 말고

우리 막걸리 한 사발 나누며

삶의 뒷이야기나 하다가

무릉도원武陵桃源에 도달하면

장구가락에 맞춰

태평세월 노래함이 어떠한가

핸드폰 시대

얼마 전만 하더라도

개별 전화 어려웠으나

휴대폰 대중화 바람에

언제든 통화 가능 시대

음성통화뿐 아니라

영상통화, 단체회의까지

휴대폰 사용으로

편리한 세상 되었네

이제는 휴대폰이

개인 기본 필수품

휴대폰 시대가

지구촌 가족 시대 만들었네

투명한 정보화 시대

신속한 연락망 시대

생방송 시대 만들었네

봄날의 설렘

그대 있음에 사랑이 있고
사랑이 있음에 그대가
아름다워 보인다네

사랑은
달콤한 알사탕
봄날의 설렘
장작불처럼 뜨거운 열기
죄지은 가슴의 두근거림

사랑은
가슴 아픔이요
참아야 하는 고통이요
기다림의 애태움이며

사랑은 영원히

품속에 간직하고 싶고

항상 함께하기를

기도하는 마음이라네

일손 돕기

작은 힘 모으면
큰 힘 된다네

여러 사람 함께하면
하던 일도 수월해지고

능률도 오르면서
힘든 줄 모른다네

서로 간 우정 쌓고
좋아지는 우리 인심

살기 좋은 우리 세상이
바로 여기에

사랑으로

열매 맺는다네

누나

어릴 때 누나는
대견스러워 보였지

누나답게 모든 걸
잘했으니까

공부도 잘하고
일도 잘하고
참 부러운 누나였네

집안 형편 어려워
공부 계속 못 하고
일찍이 서울 상경
일자리 찾으니
그 뒤로 함께하기 어려웠네

일찍이 좋은 배필 만나

결혼식 뚝딱 치러

가정 차리니

백년해로 행복할까

마음 놓았건만

일찍이 배필 잃고

생활고에 시달리니

이 일을 어이할꼬

부디 힘내서

모든 고난 이겨내고

다시 행복 찾길

기도해 보네

옷

옷은 나의 분신分身

옷에 따라 맵시도 달라지고
마음도 달라지고
움직임도 달라지니
옷은 요술쟁이가 아닌가

마치 그림자처럼
항상 함께 하는
옷이 있어 따뜻하고
옷이 있어 멋도 부려보고
옷이 있어 나를 지켜주니
옷과 나는
떨어질 수 없는 관계

옷을 보면

나를 보는 것 같고

나를 보면

옷을 보는 것 같으니

옷은 나의 분신

최고의 자리

누구나 꿈꾸지
최고의 자리를

그러나 최고의 자리
올라가기 어렵고
올라갔다 한들
지키기도 어려워라

현재의 자리에서
만족을 얻으며
우리 한 세상 살아보세

내 삶의 현재에서
나의 자리 최고라고
당당하게 살아보세

힘

힘은 동력의 근원根源이자

생명 유지의 근본根本

힘은 쓸수록 생겨나지만

쓰지 않으면 약해지고

힘이 약해지면

이내 몸 지키기 어려워라

힘이 있으려면

에너지원을 취해야 하고

휴식과 여유도 가져야 하네

그대여

힘을 기르고 유지하여

활기찬 인생 즐기며

백세인생 누려보세

박자拍子

음악의 박자
삶의 박자
박자는 흥겨움이고
일정한 리듬을 만드네

박자는 호흡이고
호흡은 삶의 필수이니
박자와 호흡은
같은 길을 가고 있구나

삶에 있어 박자는
일정한 흐름과
일의 시작과 맺음을
만들어 가네

심장 박동도 박자처럼

일정한 리듬을

유지해야 살 수 있으니

우리의 삶 흥겹게 살아야 할

근본임을 알려주네

그대여

흥겨운 박자에 맞춰

노래도 부르고 춤도 춰보세

박자에 모든 삶이 숨어 있으니

박자가 삶이니

책

책꽂이에 책들
보기만 해도 흐뭇하여라

책은
나의 스승이요
나의 친구며
나의 비서이어라

책과 함께 생활하고
책과 함께 살아가니

책은 나의 동반자이고
나의 영원한 사랑이어라

제3부

하루의 시작

어둡던 방안이
점점 밝아오고

피곤한 눈이
지그시 떠지네

창문을 여니
해님이 동쪽 하늘을
붉게 물들이고

맑은 공기에 상쾌한 아침이
하루의 일과를 준비하라 하네

오늘도 해님과 함께
힘찬 하루 시작해 볼까

숲길

밤새 비 내리더니
늦은 아침 비 개어
산행길 나선 숲길

한바탕 싸움 끝난 자리처럼
적막이 흐르고

맑은 공기
산뜻한 바람이 밀려온다

이제 막 세수한
파릇한 나뭇잎
물기도 닦지 않은 채
나를 반갑게 바라본다

가끔씩 뚝뚝 떨어지는

물방울 소리

적막을 깨뜨리고

그윽한 숲 냄새

바람결에 밀려올 때

밝은 햇살 아래

상쾌한 마음이

숲속의 기쁨으로

요동쳐오네

아침을 여는 길

맑은 하늘 햇살도 좋아

상쾌한 아침이다

하루를 여는 숲속

뻐꾸기 가족의 돌림 노래 합창

새들의 정겨운 대화 소리

분주하다

나무들은 기지개를 켜며

뿌리로 물과 자양분 빨아들여

잎을 피우고 몸집을 키운다

숲속의 뭇짐승들도

인적을 피해 이리저리

바쁘게 뛰어다니겠지

숲속을 거니는

이내 발걸음도

경쾌하고 즐거운 하루를 향해

힘 있게 한발 한발 내딛는다

안개

연기가 피어오르는 시간
어둠이 밀려온다

답답함과 긴장감이 서려 있는
칙칙한 습기의 시간

연기도 아닌 것이
어둠도 아닌 것이
사방을 막아서니

어디로 가야 할지
내가 어디에 서 있는지
막막하지만

모든 건 지나가는 것이어서

이 연막 걷히고 나면

맑은 세상 오리니

그때 내 마음에도

행복의 시간 오리니

눅눅한 어둠 속에서

햇살의 시간을 모은다

봄기운

지금은 4월 하순
봄기운이 완연한 때

잡나무 저마다
이파리 피어 올리며

겨우내 앙상했던 몸을
연녹색으로 치장하네

햇빛 조명받아
잎들이 반짝반짝
눈이 부셔 오고

상큼한 봄 냄새가
나를 유혹할 때

봄의 기쁨에

흠뻑 젖어보네

여기저기 숲속 얼굴들

들여다보고 대화하면서

숲길을 천천히 걸어가 보네

송홧가루 그림

간밤에 비 오더니

길 가운데 물고임 자리

예쁜 그림 그려졌네

그려진 그림

요리조리 살펴봐도

그 뜻 알 수 없구나

간밤에 비, 바람, 소나무

그리고 흙의 합작이었나

얼른 이 작품

그림 한 폭으로 담아다

유화처럼

수채화처럼

추상화처럼

감상하다가

삼매경三昧境에 빠져

그림 속으로

걸어가고 있다

벤치bench

숲길에 나무 벤치
산행길 쉼터 자리

누구나 앉을 수 있는
숲의 자유석

잠시 쉬고 나면
다음 사람 위해
비워줘야 할 자리

내 욕심만 차려
오래 머물면
다른 이가 불편해지니

쉬었다 싶으면
자리 양보하는 것도
지혜로운 산행이지

비

비는 우리에게 축복이네

세상 곳곳을 청소해 주기도 하고

만물에 수분을 제공하고도 하고

생명을 만들고 이어가게 하니

비는 우산 속의 추억을 주고

온갖 생물의 성장을 도와주며

생명수를 만들어주고

공기도 정화해 주며

휴식을 제공하고

연인과 낭만의 시간도 갖게 하네

그러나 때로 비는

밖에서 하는 일을 못 하게 하고

우울한 시간을 만들기도 하며

피어난 꽃을 지게도 하고
홍수로 피해를 주기도 하네

그래도 비는 누가 뭐래도
우리의 생명을 유지하게 하는
고마운 존재라네

포플러poplar나무

시원스럽게

위로 쭉쭉 뻗어

키 큰 포플러나무

날씬한 몸매 자랑하려다

드센 바람에 넘어질 수 있으니

몸집도 키워보소

자잘한 잎들

바람결에 손 흔들어주며

오고 가는 이

반갑게 맞아주는

포플러나무

고단한 몸 쉬어가라고
시원한 그늘,
쉼의 공간 만들어 놓고

자잘자잘
자잘자잘
바람의 강약에 맞춰
노래도 불러주네

돌탑

산봉우리 바위에
정성스레 쌓은 돌탑

들여다볼수록
염원의 기운이 느껴지네

누군가가
마음속의 소원을
빌고 빌면서

온 심혈을 기울여
쌓았으리라

오다가다 보면
쌓은 이의 신심信心이
궁금해지는 돌탑

빗속의 산행

비가 오는데도
숲이 그리워
산행에 나선다

산속에 들어서니
인적 드물고
차분하게 내리는
빗방울 소리

북 두드림에
연주의 시간 펼쳐진다
숲에 생명수가 뿌려지고
축복의 연주가 이어지니

내 발걸음도 경쾌히

가락에 맞춰

행진하듯 걷는다

공간의 미

복잡함보다

단순함이 좋고

꽉 찬 만원 버스보다

좌석 버스가 좋고

시야 가림의 답답함보다

탁 트인 넓은 시야가 좋고

때로는 방안 같은 좁은 공간보다

강당 같은 넓은 공간이 좋은 것처럼

여유, 활용, 여백, 공간 등

예술적인 미가

인생의 미가 아닐까

예술로 승화된 미가

우리 삶의

기본 원천이 아닐까

공존共存

세상 만물은 공존하는

삶이라네

땅속에 뿌리내린 식물도

땅 위를 달리는 동물도

물속 어류와 식물도

땅속, 물속, 공기에 사는 미생물도

서로 공존하는 삶이라네

공존의 조화는

우주의 원리만큼이나

비밀스럽고 신기하여라

그대여 우리도

공존의 철학을 배워보세

우리네 삶이

지구상의 공존뿐만 아니라

우주와도 공존하는

삶일 수 있다는 것을

메타세쿼이아

전남 담양에 가면

메타세쿼이아 공원이

조성되어 있네

아름드리 키다리 아저씨들

계절마다 색다른 옷 차려입고

도로변에 줄지어 열병식을 하네

계절마다 느낌도 다르지만

하루 시간대마다

분위기 또한 다르네

누구라도

담양 가로수 길에 들어

숲의 기운 가져가고

키다리 아저씨들

열병식도 구경하고

기분 좋은 하루

행복한 추억의 시간

담아감이 어떨까

카메라 메고

카메라를 메고 나니

여기저기 손을 들어

사진 찍어 달라하네

사람도, 꽃도, 나무도…

온갖 만물이 손들어

사진 찍어 달라하네

취사선택取捨選擇의 시간

나의 선택의 시간이라네

이것도 찰칵, 저것도 찰칵

입맛에 맞는 이들만 찍었지

집에 와서 찍은 사진

살펴보니 대박!

길이 남을 작품이라
컴퓨터에 저장해놓고
오래 오래 추억으로
간직하고 싶네

좋은 작품 나만 보기 아까워
벗들에게도 보여 줄까나

내일도 카메라 메고
기다리는 이들 만날 생각에
벌써 가슴이 설레네

모양 담기

의미 있는 장면

카메라에 담아 본다

과일 수확하듯

담는 즐거움

꺼리도 담아보고

시간도 담아보고

생각도 담아본다

담아온 바구니 부어

선별작업 해 본다

벌레 먹어서

병든 부분이 있어서

모양이 없어서…

선별하고 남은 것

보관해 놓았다가

그대에게 맛보이고 싶네

덩굴식물

숲에서 나무 등 타고
곡예를 하는 담쟁이
나무 몸 휘감고
한 몸인 척하는구나

천성이 누구든
감고 올라가야 하는
기구한 삶이런가

보기에는 좋아 보여도
왠지 나무가 힘겨움을
참고 있는듯하다

빌붙어 사는 삶인지
서로 어울려 살아보자는

다정함인지 의문스럽다

이도 저도 어찌할 수 없는
자연의 이치라 생각하면서도

정말 서로가 좋아하는
어울림의 삶이길
바랄 뿐이다

아름다운 것들

사람, 꽃, 나비 등
항상 대하지만
지나쳐 버린 것들

아름다운 것만 보는 것도
능력인가, 선택인가

아름다움은
설렘을 주고
사랑을 만들고
기쁨을 주고
행복을 만들어주네

그대여 아름다움을 찾아
인생의 설렘, 사랑, 기쁨,

행복을 누려보세

찾아보면 세상은
아름다운 것들 많아라

꽃들

각양각색 예쁜 꽃들

계절 따라 찾아주니

연중 내내

이런저런 꽃들 오겠구나

화려한 꽃

화사한 꽃

수수한 꽃

옷들도 예쁘게 차려입고

싱글벙글 웃어주니

벌들과 나비들

사랑에 빠졌구나

여기서 뽀뽀

저기서 뽀뽀

입맞춤하고

열정적인 사랑에

시간 가는 줄 모르네

꽃들은 각기 매력이 있어

눈이 즐겁고 마음이 밝아지네

꽃은 사랑을 전해주고

마음을 깨끗하게 해 주고

위로의 말을 전해주고

축하의 말을 전해주고

추모追慕의 말도 전해주네

꽃은 서로를 이어주고

결실을 보기 위한

아름다움이어서

꽃이 없는 세상

상상할 수 없네

길

세월은 많은 길을 만들고
또 없애네

인생길도 수없이 많으련만
또 만들려 하네

길은 나의 척도尺度요
내 현재의 모습이네

갈라진 길에서
선택된 방황도 하고
길 따라 막연히 걷기도 하지만

목표가 있으니
돌아서 가고

곧바로 가도

도착할 곳은 마찬가지네

인생의 참모습 발견하기

김영성

1. 들어가며

내가 시집을 처음 접한 건 초등학교 4학년 때이다. 그때 담임 선생님이 동시집을 반 전체 학생에게 나누어 주고 사기를 권하였다. 그 기회를 통해 처음 보는 동시집을 매우 재미있게 읽었던 기억이 난다.

그 뒤로 시라면 조금씩 관심을 두고 기회 되는 대로 읽기만 하다가 늦게나마 시 쓰기를 결심하였다. 고등학교시절 입시 준비하느라 교과서에 나오는 시에 토를 달아 가며 어렵게 공부했던 시절이 생각난다.

그래서 나는 되도록 누구나 읽을 수 있고 소통이 되는 시를 쓰고 싶었다. 내용은 가볍지 않으나 쉬운 시, 알아들을 수 있는 시를 쓰리라고 마음먹었다.

그동안 조금씩 써두었다가 묶은 수필집도 마찬가지다.

올해 들어 3월 『삶의 여정』과 4월 『봄이 오는 소리』 두 권을 발간했는데 이 또한 쉬운 언어로 삶의 이야기를 풀어가고자 했다.

2. 일상과 자연에 관한 시

제1부는 「수선화」「산딸기꽃」「청미래꽃」「쑥갓꽃」「감자꽃」 등 다양한 꽃을 소재로 하고 있다. 날마다 산행을 하면서 주변에 피어나는 꽃을 카메라 렌즈에 담아 그 자태나 느낌, 그리고 꽃말 등을 참고하여 봄꽃 중심으로 시를 써 본 것이다.

제2부는 「인생 그림」「대금」「박자」「할머니」「매형」「누나」「고모」「아내」 등 주변의 삶 이야기와 가족에 관한 이야기를 소재로 썼고, 제3부에서는 「숲길」「송홧가루 그림」「빗속의 산행」「돌탑」「안개」「길」 등 일상의 삶과 자연에 관한 시를 썼다.

그리는 방식
배치하는 순서
그리는 재료
나타내고자 하는 소재
다 다르듯

우리네 인생도
각자 삶이 다르네

어떻게 그리느냐는
각자의 몫
그 누구도 대신할 수 없네

—「인생 그림」중에서

「인생 그림」은 우리네 인생을 그림에 비유한 작품이다. "그 누구도 대신할 수 없"는 게 인생이다. 그러니 인생의 "그림을 어떻게 그리냐는/ 각자의 몫"일 수밖에 없다. 그로 인해 삶을 살아가는 방법이 각기 다르기도 하지만 누구도 대신할 수 없는 인생이기에 스스로 삶을 개척해 나가야 함을 말하고 있다.

심금을 울리는 소리
천상의 소리인가

고요한 공간을
애수에 젖게 하고

듣는 이의 마음을

애달프게 하여라

― 「대금」 중에서

　내가 대금을 잡은 지 10여 년이 지났다. 그러나 아직도 대금 소리를 내기가 어렵다. 심금을 울리는 대금 소리가 나오려면 재능이 어느 정도 타고 나야만 하고, 많은 노력이 필요하다고 본다.

　내가 대금을 배우게 된 동기는 대금 소리에 반해서이다. 이처럼 무엇에 반하여 시작하게 되면 그것에 관한 새로운 세계가 열리는 것이다. "애달픔"도 "심금을 울리는 소리/천상의 소리"로 들리는 대금 소리를 대금의 고수를 통해 듣는다면 누구나 그 소리에 깊이 빠져들 것이다.

　　철이 없던 시절이라
　　늙음을 몰랐고

　　늙음도 섧거늘
　　손주 사랑 못 받으니

　　우리 할머니
　　얼마나 마음 아프셨을까

돌아가실 적
부르던 아리랑 노래
지금도 귓전에 쟁쟁한데

—「할머니」 중에서

글을 쓰다 보면 과거로 돌아가 만나게 되는 장면들이 있다. 그중에 할머니와 함께한 기억이 떠올랐다. 많은 시간이 지난 뒤지만 그리고 "철이 없던 시절이"라고는 하지만 그때 할머니를 소홀히 모셨던 필자의 죄송스러운 마음을 글로나마 용서를 비는 마음으로 이 시를 쓰게 되었다. "우리 할머니/ 얼마나 마음 아프셨을까// 돌아가실 적/ 부르던 아리랑 노래/ 지금도 귓전에 쟁쟁한데"와 같이 이 시는 필자가 할머니에게 바치는 시이다.

서울 누나 집에 가면
반가이 맞아주던 매형

처남 왔다고
저녁이면 술 한 상에
인생 강의
시간 가는 줄 모르고

바둑 두기에
밤새는 줄 몰랐네

　　　　　　　　　—「매형」 중에서

　매형은 50대에 폐암으로 돌아가셨다. 생전에 서울 누나
집에 가면 매형이 항상 반갑게 맞아주시고, 저녁이면 술
한 잔에 인생 삶에 대하여 좋은 말도 많이 해주셨다. 그리
고 누구보다 세상 사는 열정이 남달랐다. 남이 하는 것은
뭐든 해보려고 노력하신 분이다. 꿈이 참 많으셨던 분이
다. 이 시도 돌아가신 매형에게 바치는 시이다.

심장 박동도 박자처럼
일정한 리듬을
유지해야 살 수 있으니
우리의 삶 흥겹게 살아야 할
근본임을 알려주네

그대여
흥겨운 박자에 맞춰
노래도 부르고 춤도 춰보세
박자에 모든 삶이 숨어 있으니
박자가 삶이니

　　　　　　　　　—「박자」 중에서

내가 풍물을 접한 지는 7년이 되었다. 그동안 장구, 꽹과리, 북, 징 등을 배운다고 배워봤고 행사에 직접 여러 번에 걸쳐 참여도 해봤다. 또한, 장구 장단(진양, 중모리, 중중모리, 자진모리, 휘몰이, 엇몰이, 세마치, 굿거리, 동살풀이 등)도 2년여 동안 배웠다. 배우다 보니 장구 장단만 박자가 아니라 노래도 춤도 박자요, "일정한 리듬을/ 유지해야 살 수 있"는 심장 박동도 박자이니 "박자에 모든 삶이 숨어 있"었던 것이다. 이런 경험을 통해 장단, 즉 박자에 관한 시를 쓰게 되었다.

세월은 많은 길을 만들고
또 없애네

인생길도 수없이 많으련만
또 만들려 하네

길은 나의 척도尺度요
내 현재의 모습이네

—「길」 중에서

길이란 여러 가지 뜻으로 쓰인다. 같은 뜻을 가져도 같은 길을 간다고 하고, 직업이나 어떤 일에 대해서도 길이란 표현을 한다. 예를 들어 "교육자의 길을 간다.", "공무원의 길을 간다." 등이다. 이처럼 길이란 표현은 광범위하게 쓰이고 있다. 세월을 살아가면서 마음먹었던 일들을 꾸준히 하는 경우도 있지만 포기하기도 하고, 방해를 받아 못하는 경우, 필요를 느끼지 못한 경우에는 하는 일을 그만둔다. 즉 그 길을 없애는 것이다. 그러나 새로운 뜻이 생기면 또 그 일을 시작한다. 즉 새로운 길을 만드는 것이다. 따라서 내가 현재 무엇에 뜻을 두고 추진하느냐에 따라 나의 현 처지나 상태를 알 수 있다.

3. 나가기

시에서 모든 것을 담아낼 수는 없다. 그러나 조금씩 내 마음을 정리하고 드러내다 보면 인생의 참모습을 발견하지 않을까 생각해 본다.

어찌 보면 이러한 과정이 미비하나마 수행의 여정, 길의 여정, 그야말로 삶의 여정인데 부족한 점은 지적해 주시고 또 널리 이해해 주시기를 바란다.

그런 점에서 이번 시집을 표현하자면 누구나 쉽고 편하게 거닐 수 있는 '꽃길' '숲길' 그리고 살아왔던, 또는 살아가고 있는 '삶의 길'이라 말할 수 있겠다.

꽃길

ⓒ김영성, 2022, Printed in Seoul, Korea

초판 1쇄 인쇄 | 2022년 05월 25일
초판 1쇄 발행 | 2022년 06월 03일

지은이 | 김영성
사 진 | 김영성
펴낸이 | 고미숙
편 집 | 구름나무
펴낸곳 | 쏠트라인saltline

등록번호 | 제452-2016-000010호(2016년 7월 25일)
제 작 처 | 04549 서울 중구 을지로20길 12
          31533 충남 아산시 신창 행목로 103-1407
전화번호 | 010-2642-3900
전자우편 | saltline@hanmail.net

ISBN : 979-11-92139-12-8 (03810)
값 : 12,000원